PARIS MODERNE,

SATYRE Ire.

Par le Cit. CAMPAGNE, Auteur du Caton d'Utique en 5 Actes.

NOUVELLE EDITION.

La faim mit au tombeau Malfilâtre ignoré.
S'il n'eût été qu'un sot, il auroit prospéré.
GILBERT.

A PARIS,

Se trouve chez les citoyens DESENNE, MARET, et la citoyénne DURAND, Palais Egalité, et chez tous les Marchands de Nouveautés.

AN V^e DE LA RÉPUBLIQUE.

BIBLIOTHÈQUE IMPÉRIALE

A V I S.

JE ne puis contenir mon indignation à l'aspect des vices dont cette Capitale abonde : en effet , puis-je voir de sang-froid le crime triompher avec impudence et la vertu dédaignée ? l'intrigue obtenir le prix du vrai talent , le charlatanisme en possession d'éblouir les petits hommes , qui malheureusement fourmillent dans ce bas univers ? Il est tems de démasquer les charlatans , les sots et les fripons , afin qu'ils se montrent avec moins d'arrogance aux regards indignés de la sagesse. Quand un pays est livré à des vices qui ont échappé à toute la vigilance du Législateur ; c'est à la Satyre à s'en saisir et à les dénoncer à la Société. Cette censure est une seconde législation exercée par le sage rigide, ami de la vertu et des mœurs. Tant-pis alors pour les individus qui se sont mis , par leurs scandales et leurs sottises, dans le cas d'être nommés et de servir d'exemple aux hommes susceptibles des mêmes travers. Le privilège de la Satyre est d'arracher le masque sans ménagement et d'offrir au grand jour les traits hidieux du fourbe qui se cache. Juvénal , Lucile , Perse ,

A 2

Horace eurent cette hardiesse de leur tems. Boileau, nourri de leurs principes, et Gilbert, après lui, les ont imités. Je dois m'attendre à voir peu d'approbateurs. Chez des hommes corrompus et dignes de censure, où trouver des Juges assez sages pour entendre et souffrir la Satyre ? La vérité les effraie ; j'ai cependant le courage de la dire ; et loin d'être assez lâche pour porter mes coups dans les ténèbres, j'ose exposer mon nom aux regards de tout Paris.

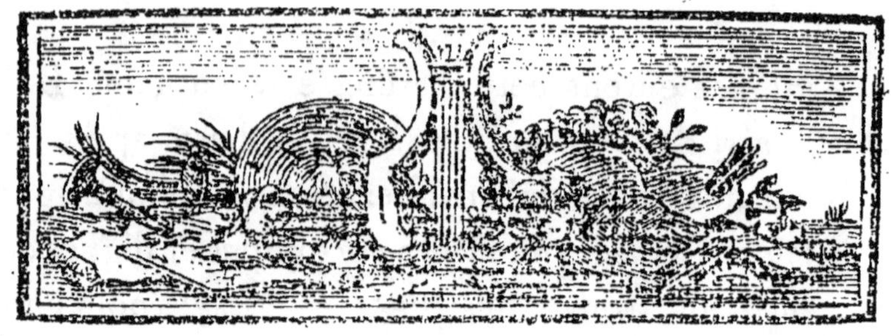

PARIS MODERNE,
SATYRE Iʳᵉ. (1)

Fatigué des détours où l'erreur me promène,
J'abandonne à jamais la cour de Melpomène.
Qu'Arnaud, que Dumoutier, grands Auteurs de ce tems,
Couronnés au boudoir de succès éclatans,
Briguent chez Aglaé les honneurs d'une chûte ;
Pour moi qui, de nouveau, redoute d'être en butte
Aux superbes mépris du dernier histrion,
Je me sens enflâmé d'une autre ambition.
Puisqu'un démon me livre à la fureur d'écrire,
Perçons les scélérats des traits de la satyre.
Déja, contre le vice, armé d'un vers sanglant,
Je m'élance au grand jour. Répondez ; mon talent,
Ennemi des fripons, fort de son énergie,
A-t'il pour se montrer besoin de la magie
Et des honteux secours d'un moderne Lekain ?
Non, non ; tout protecteur n'est bientôt qu'un faquin :

---

(1) Cette Satyre va être suivie de celle de l'*Intrigue*,
déja annoncée dans le *Miroir*.

A 3

Du rigide Boileau je saisis l'héritage.

Quoi ! le Dieu de Paris est donc l'agiotage !
Quoi ! le mortel infâme, à son culte livré,
Par-tout est accueilli, par-tout est adoré !
Lemière, dégoûté de ses essais tragiques,
De son oncle entassant les vers durs et gothiques,
Trotte, enflé de son nom, les matins dans Paris,
Et vomit en tous lieux ses barbares écrits.
Ne vois-je pas Lescaut, aimable et jeune blonde,
Dans le nouveau commerce exercée et profonde,
Négligeant aujourd'hui tous ses attraits brillans,
La marchandise en main, amorcer les chalans ?
Chacun rit du grand art où son esprit s'exerce ;
Est-ce à son âge aussi qu'on change de commerce ?
Mais quel est cet essaim d'Elégans éventés,
Fléaux de la raison, bijoux de nos Beautés ;
Qui, le matin courtiers, le soir amans folâtres,
Assiégent tour-à-tour la Bourse et les Théâtres ?
Comment ignorez-vous que, laquais autrefois,
Bien dignes aujourd'hui de leurs premiers emplois,
Ils sont, d'hommes rampans, d'esclaves mercénaires,
Devenus tout-à-coup d'implacables corsaires ?
Cependant, à les voir caressés des Amours,
Au spectacle, aux festins couler leurs plus beaux jours,
Et jouir à nos yeux des plus grands avantages,
Qui ne les croit d'abord d'importans personnages,
Des êtres précieux aux beaux-arts, à l'Etat ?
Mais au grand jour, bientôt, pâlit leur faux éclat :
Ce ne sont plus alors que des spectres livides,
Dont on découvre à nud les cœurs bas et sordides.

Verrai-je , dans tous lieux , l'imbécille arrogant ;
Applaudi par les sots , traiter d'extravagant
L'enfant de la sagesse et l'homme de génie ?
La raison qu'il outrage , il est vrai , le renie ,
Et condamne à jamais son esprit avorton
A ramper dans la fange et l'orgueil du bon ton.
Cependant ses arrêts , d'abord lancés dans l'ombre ,
Bientôt n'en sont pas moins les arrêts du grand nombre.
O honte ! sous son toît , loin du monde exilé ,
Par ces faux jugemens le sage est immolé ;
En vain à la sottise il oppose sa vie ,
Ses cris sont étouffés sous les cris de l'envie.
Mortels , voilà Paris ; ses imprudentes mains
Prodiguent les honneurs aux plus vils des humains.
Oui , le vice en crédit a la force d'Hercule ,
Et ta vertu sublime , Alceste , est ridicule :
Je te vois , dans un coin , le front humilié ,
Vivre dans le mépris , et mourir oublié.
O Paris ! ô Paris ! infâme Babylonne!
L'ignorance te suit , le vice te couronne :
Je ne vois dans tes murs que lâches habitans ,
Rouillés dans leur sottise , et fripons en tout tems.
A tes comptoirs paroît l'insipide grisette ,
Sans éducation , mais non pas sans toilette ;
Dont le cœur , dont le front , dont le langage est bas ,
S'offrant , vaine d'un ton qui jure à chaque pas ,
D'un ton que ne soutient ni l'esprit ni la grace :
De l'altière noblesse elle emprunte l'audace ,
Sans en pouvoir saisir l'agrément et le goût ;
L'anti-chambre l'entoure et la poursuit par-tout.

Citerai-je Bar..... dont l'arrogant visage,
De Feydeau chaque soir assiége le passage ?
Son front large, commun et bêtement altier,
Tout rayonnant d'un luxe accusant son métier,
Va, rajeuni par l'art, figurer aux spectacles :
Sans doute, comme un autre, il fera des miracles ;
Car, à son âge encor, Adeline en fait bien.
Quoi ! l'impudence est tout, le mérite n'est rien !
Je ne puis contenir mon dépit et ma rage ;
Que devient la vertu lorsqu'on la décourage ?
Notre âge est bien aussi digne de l'Aretin ;
Tout époux est dupé, toute femme est catin.
Catin !... Fi, me dira ce complaisant des femmes,
Daignez nous épargner ces paroles infames.
Les femmes en tous lieux sont de petits trésors,
Leurs nerfs souples, légers, heureux et doux ressorts,
Rendent leurs goûts exquis et leurs ames sublimes.
Semblable à Despréaux, allez-vous dans vos rimes
Flétrir un sexe aimé, pour vous rendre suspect ?
Croyez moi, toute femme exige le respect :
Oui, je sais qu'à Paris, grace au pouvoir des modes,
Les Dames ont rendu leurs époux très-commodes.
Mais, dussai-je être en proie aux plus mauvais railleurs,
Je ne puis estimer ce qu'on méprise ailleurs.
Moi, je sacrifierois à d'impures images !
Non, non, la vertu seule a droit à mes hommages.
Quoi ! l'horrible Phriné jouant les sentimens,
Couverte à nos regards des dons de cent amans,
Osera, dans un char où l'or brille et s'étale,
Sans pudeur, dans Paris, promener le scandale

Une chose l'excuse, elle frémit d'horreur,
Au régime de sang, au seul nom de terreur.
Vous le croyez : son sein renferme un cœur de pierre.
Faites revivre un jour le tems de Robespierre,
Vous l'entendrez, vantant son systême insensé,
Etaler à vingt pas de l'échafaud dressé,
Ses atours indécens et sa beauté célèbre.
Ni la hache qui tombe avec un bruit funèbre,
Ni du panier sanglant les contours odieux,
Ni le charnier mouvant qu'on promène à ses yeux,
Rien ne peut émouvoir son ame sanguinaire ;
De bourreaux entourée, elle veut toujours plaire.
Croyez-vous qu'aujourd'hui cette indigne beauté,
Souillée encor de sang, prône l'humanité ?
Mais voyez, à Coblents, ces syrènes immondes,
Plus hideuses cent fois sous leurs perruques blondes,
De la vertu modeste exciter le courroux.
Leurs torts, m'assure-t'on, leurs torts viennent de nous.
S'il est vrai, pourquoi donc, coquettes à toute heure,
Vont-elles de Thalie assiéger la demeure ?
Pourquoi, fières d'un luxe affiché sans égards,
Osent-elles choquer nos mœurs et nos regards ?
Pourquoi, mères sans cœur, épouses infidelles,
Cherchent-elles, sans cesse, autre part que chez elles
Le fantôme imposant d'un bonheur qui les fuit ?
Mais de leurs faux plaisirs l'amertume est le fruit :
Elles perdent, hélas ! cette volupté pure
Qui, loin d'elles, repose au sein de la nature.
Pourtant ce sexe aimable adoucit nos humeurs,
Nous polit, c'est fort bien, mais il corrompt nos mœurs ;

Il répand à grands flots dans le sein de nos villes
Le germe destructeur des discordes civiles.
C'est lui qui, dans Paris, infâme et dissolu,
Et fier usurpateur d'un pouvoir absolu,
Après avoir détruit les plus sages principes,
A conduit nos Bouillés, nos Capets, nos Philippes.
C'est lui qui, de Samson exécrable limier,
Dans des fleuves de sang s'est baigné le premier.
C'est lui qui, maître encor de cœurs pusillanimes,
A pillé nos trésors, a commis tous les crimes.
Tel est ce sexe enfin, prôné par tant d'échos :
Le mépris du vrai sage et l'oracle des sots.
  Quand je viens de briser, ville horrible et frivole,
Et les autels du vice, et ton impure idole ;
Dois-je, plus indulgent, conserver des égards
Pour les faux connoisseurs insultant aux beaux-arts ?
Quel est donc ce Poëte, à la mine savante,
Qu'on accueille au foyer, et qu'aux loges on vante,
Quand le divin Racine est à peine écouté ?
Sophocle de toilette, il est par-tout fêté ;
Oui, mais noble ennemi des règles trop exactes,
Il a mis quatre fois Melpomène en trois actes.
Jadis, pour acquérir dans ce métier brillant,
La palme que le goût décerne au vrai talent,
Il falloit, concurrent de l'Auteur de Rodrigue,
Déployer hardiment dans une vaste intrigue
Les exploits, les grands traits des tems les plus fameux,
Les reproduire en vers éloquens et nombreux.
Aujourd'hui l'on n'a plus cette aveugle manie :
Malheur à l'Écrivain qui montre du génie !

Une muse éflanquée, en vers durs et mesquins,
Aux yeux de maints badauts fait hurler nos Lekains.
Malgré ses sons discors et sa méchante rime,
Maître Arnaud, au Parnasse, et se pavane, et prime ;
La rime !. . . . Un tel objet vous donne de l'humeur !
Oui, si l'art s'appauvrit par un mauvais rimeur ;
Si la rime chétive, et pourtant orgueilleuse,
Des divins unissons rompt la marche nombreuse.
Vous citerez Voltaire ; il a ses endroits faux :
Imitez ses beautés, et non pas ses défauts.
Chez Racine, Boileau, les rimes sont exactes,
Le vers est toujours pur. Et quant à vos trois actes,
Quittez vos soupés fins et le petit sallon,
Et vous aurez l'élan du mâle Crébillon.
Bon ! l'on ne pouvoit mieux traiter un tel chapitre ;
Mais pour en raisonner, quel est donc votre titre ?
Au Théâtre avez-vous quelque ouvrage joué?
Non, je n'ai pas l'honneur d'être encor échoué.
Pour gonfler de Saint-Prix le dissonnant organe,
Amante du vieux goût, ma muse est trop profane,
Je lui laisse entonner les vers de le Trouvé,
Poëte au Moniteur un beau matin trouvé ;
Et du fameux Pison les vers bien plus célèbres,
Noirs hiboux, en naissant, condamnés aux ténèbres.
  Cependant, que penser de l'effort du cerveau
Du petit Chateauneuf vanté par Neufchateau ?
A l'entendre, en tous lieux sa muse est adorée ;
Monsieur même au Théâtre a déja son entrée.
Et quoi ! de nos Acteurs les éternels Midas
Accueilleront toujours les drames les plus plats ;

Et les faux connoisseurs, dont tout Paris famille,
Feront des talens nains prospérer la famille !

Mais, dans le monde, en paix laissons vivre chacun,
Laissons rêver Desorgue et se croire un Lebrun,
Lemière un Légouvé : plus grotesque en son style,
Laissons Laya se croire un Colin-Harleville.

Après avoir parlé de nos faiseurs de vers,
Que dire des oisifs foulant cet univers,
De nos lourds prosateurs, de nos plats royalistes,
De nos impurs Babeufs faisant encor des listes ?
De tous ces charlatans, vertueux par écrit,
De tous ces furieux, sans guide, sans esprit,
Qui, sans cesse hors de sens, frondent le Directoire,
Et veulent de Carnot faire oublier la gloire ?
Mais, redoutant l'orgueil des Feuillistes du jour,
Leur imbécillité s'affichant sans détour,
Redoutant de nos fous la clique démagogue,
Le parti qui s'élève et l'orateur en vogue,
La belle compagnie et les petits humains,
En foule, et sans raison, battant toujours des mains ;
Il vaut mieux ralentir un essor téméraire ;
Puis, avec tous les sots me ferai-je une affaire ?
Non, je m'arrête donc au point où me voilà ;
Mais, gare à vous, fripons, car je suis encor là.

FIN.

NOTES.

Qu'Arnaud, *que Dumoutier.* Auteurs médiocres que les gens à la mode sont parvenus à rendre célèbres.

Lemière, dégoûté de ses essais tragiques. Jadis poëte, aujourd'hui libraire: on ne peut que le féliciter de s'en tenir à vendre les ouvrages des autres.

Citerai-je Bar... dont l'arrogant visage. Femme impudente et platement critique qu'il a fallu livrer à la verge de la Satyre, pour servir d'exemple à toutes celles qui seroient tentées de l'imiter.

Etaler à vingt pas de l'échafaud dressé. Aux Champs-Elysées étoit une promenade où venoit figurer la belle compagnie de Paris, lorsque la Place de la Révolution ruisseloit encore du sang de mille victimes.

Il a mis quatre fois Melpomène en trois actes. La paresse des Comédiens, l'impuissance des Acteurs ont introduit nouvellement la manie des tragédies en trois actes. Cette manie qui a tourné contre l'art, en le rétrécissant, prouve toujours dans un Auteur la nullité du génie. Très-peu de sujets tragiques sont faits pour le cadre de trois actes. Que deviendroient les chefs-d'œuvres de nos grands maîtres sans les beaux développemens, les vers harmonieux et sublimes dont ils sont remplis? Mais, dans un siècle où la poésie a perdu toutes ses graces, où l'oreille est étrangère au charme des vers mélodieux, faut-il s'étonner que nos Auteurs maigres et stériles puissent fournir à peine cent vers passables à un sujet où s'entassent les évènemens extraordinaires et barbares, et qu'ils ayent substitué à l'art de plaire et de ravir les ames, l'art monstrueux d'épouvanter le spectateur?

La rime... un tel objet vous donne de l'humeur! Non-seulement les Auteurs du jour ont cru pouvoir se passer d'harmonie, mais ils ont regardé la rime comme un ornement inutile ; aussi l'art s'est-il dégradé dans leurs mains. La rime est une des parties les plus essentielles du nombre ; c'est elle qui complète les finales et les repos sonores. Sans cet ornement les vers perdent la plus grande partie de leur beauté.

Et quoi! de nos acteurs les éternels Midas. Tant que le jugement des pièces dramatiques sera abandonné aux Comédiens, les talens secondaires auront seuls le privilège d'occuper la scène et de parvenir jusqu'au public. L'homme de génie qui travaille dans son cabinet, n'a pas le tems d'intriguer à la toilette des actrices ; que dis-je même? s'il a de l'énergie et de la vertu , ira-t-il se mêler dans des cercles où siègent la médiocrité et l'impudeur ?

Qui, sans cesse hors de sens, frondent le Directoire. Ceci a été composé bien avant l'affreuse conspiration qui, heureusement, vient d'être déjouée : mais je demanderois aux faiseurs de complots quel est leur projet, ce qu'ils veulent mettre à la place du gouvernement, le plus parfait qui ait existé chez aucun peuple ? Certes, si M. de Montesquieu avoit connu ce gouvernement, il ne se seroit pas épuisé à faire l'éloge de celui d'Angleterre. Dans un tems éloigné, et qui ne sera plus agité par l'orage des passions, on sentira mieux que jamais, qu'un pouvoir fixe, stable dans sa marche , sans être héréditaire ni concentré dans les mêmes individus, est le chef-d'œuvre de la conception humaine.

Et veulent, de Carnot, faire oublier la gloire. L'éclat de l'homme de génie importune toujours les yeux de la médiocrité envieuse. Plus il a de talens, plus celle-ci redouble d'efforts pour les étouffer. Le citoyen Carnot en est une preuve. Si j'avois attendu ce moment pour faire l'éloge de son mérite supérieur, on pourroit me regarder comme un adulateur complaisant et suspect ; mais quand il étoit éloigné des places et en butte aux calomnies les plus atroces, alors j'ai rendu les mêmes témoignages d'estime et de vénération à ses vertus publiques et privées.

www.ingramcontent.com/pod-product-compliance
Lightning Source LLC
LaVergne TN
LVHW010804180726
843502LV00011B/4341